파랑새의 달빛 소망

파랑새의 달빛 소망

발행일   2020년 12월 2일

지은이   박인욱
펴낸이   손형국
펴낸곳   (주)북랩
편집인   선일영   편집   정두철, 윤성아, 최승헌, 배진용, 이예지
디자인   이현수, 한수희, 김민하, 김윤주, 허지혜   제작   박기성, 황동현, 구성우, 권태련
마케팅   김회란, 박진관, 장은별
출판등록   2004. 12. 1(제2012-000051호)
주소   서울특별시 금천구 가산디지털 1로 168, 우림라이온스밸리 B동 B113~114호., C동 B101호
홈페이지   www.book.co.kr
전화번호   (02)2026-5777   팩스   (02)2026-5747

ISBN   979-11-6539-519-3 03810 (종이책)   979-11-6539-520-9 05810 (전자책)

이 도서의 국립중앙도서관 출판예정도서목록(CIP)은 서지정보유통지원시스템 홈페이지(http://seoji.nl.go.kr)와
국가자료공동목록시스템(http://www.nl.go.kr/kolisnet)에서 이용하실 수 있습니다.
(CIP제어번호: CIP2020051005)

(주)북랩 성공출판의 파트너

북랩 홈페이지와 패밀리 사이트에서 다양한 출판 솔루션을 만나 보세요!

홈페이지 book.co.kr   •   **블로그** blog.naver.com/essaybook   •   **출판문의** book@book.co.kr

화가 박인옥의 그림 에세이

파랑새의 달빛 소망

글 · 그림 박인옥

두루미가 듣는 힐링의 노래, 2020, 혼합재료, 30호(90x72cm)

북랩 book Lab

서문

가을이 깊어 갑니다. 이제 곧 겨울이 되나 봅니다.

예전 같으면 날씨는 춥지만 그래도 첫눈을 기다리기도 한 겨울이었는데 올해의 겨울은 코로나 19가 심해지지 않기를 바라는 마음만 가득합니다.

"그림은 말이 필요 없어서 나는 인생에서 그림 그리는 화가라는 직업을 선택했나 보다."라고 자주 언급하면서 2013년 첫 번째 수필 이후 두 번째 수필집을 또 세상에 내놓습니다.

두 번째 책은 '예술철학' 혹은 '묵상일기'로 쓰고 싶었는데, 이도 저도 아닌 '단상'이 되었습니다.

2013년 친정아버지의 소천 이후 아버지를 추모하는 마음으로 글을 썼는데 2019년 친정어머니까지 머나먼 하늘나라로 떠나가신 후 슬픔과 그리움이 담겨 있는 두 번째 글 모음을 엮어 봅니다.

부모님 두 분이 세상을 떠나시기 직전까지 가까이서 돌보아 드리고 모시고 산 큰오빠, 일주일에 한 번씩 꼭 찾아뵙고 맛있는 음식을 해 드리고 병원에 가실 일이 있을 때마다 모시고 다 녔던 셋째 언니와 형부, 이모저모로 도와드리고 효도한 항상 든 든한 큰언니와 둘째 언니, 그리고 늘 큰 도움을 주신 큰 형부와 둘째 형부, 부모님의 건강을 위해 늘 기도한 남편 그리고 부모님 입원 시 병간호뿐 아니라 기도하며 전도한 작은 오빠와 새언니, 모두가 합력하여 선을 이룬 것 같아서 감사합니다. 부모님도 훌 륭하셨고 자녀인 6남매도 효자들이라 참 감사하다는 생각을 새 삼 가져 봅니다. 저는 6남매 중 막내딸이라는 특권으로 부모님 의 사랑을 많이 받았습니다. 오빠, 언니들에 비하면 저는 별로 한 일도 없지만 부모님을 추모하는 마음, 그리워하는 마음을 그 저 문장으로 이어 봅니다. 그 마음을 때로는 시로 한 편의 수필 로, 때로는 작품을 하고 작품 설명으로 표현했습니다. 부족한 글들이 세상 밖으로 나와도 될까 하는 고민에 오랜 시간 제 노 트 속에 머물러 있었습니다.

코로나로 모든 것이 바뀌어 버린 이 시대를 살면서 또 한 번 내면세계를 가다듬어 보고 반성해 보고… 그리고 하늘을 우러 러봅니다.

부족한 책이 나오도록 인도해 주신 하나님께 감사드립니다.

작품 속이나 글이나 모두 사랑하는 남편과 두 딸, 우리가 함께했던 소중한 시간들이 고스란히 담겨 있습니다. 고마운 마음 전합니다.

그리고 훌륭한 설교를 들려주시고 늘 기도해 주시는 '주님의 교회' 담임 목사님께도 감사드립니다.

코로나라는 질병으로 사랑하는 가족과 이별한 분들께 위로의 마음을 전합니다.

천국에 계시는 사랑하는 부모님께 이 책을 가장 먼저 드리고 싶습니다.

저의 삶이 따라가지 못하기에 부끄럽고 부족한 글 모음이지만 저의 나이 60의 해에 완성된 책이 세상에 나오고 사람들이 읽으실 때 즈음에는 좀 더 편안한 시간, 평화의 시간이 우리 모두에게 임하기를 조용히 기도하는 마음으로 이 책을 조심스레 발표합니다.

책이 나오도록 좋은 기회를 주시고 책이 나오기까지 수고하신

북랩 출판사 모든 직원분께도 감사의 말씀을 드립니다.

　　"두려워 말라. 내가 너와 함께함이니라. 놀라지 말라. 나는
네 하나님이 됨이니라. 내가 너를 굳세게 하리라. 참으로 너
를 도와주리라."

　　이 말씀이 코로나 시대를 살아가는 우리 모두에게 힘과 용기
가 되기를 소망합니다.

　　　　　　　　　　　　　　　　　　　　2020년 가을에
　　　　　　　　　　　　　　　　　　　　박인옥

차례

아름다움을 보는 눈

'아름다움'이란 본래 존재하지만 우리가 보지 못할 뿐이다.
『어린 왕자』에서 생텍쥐페리는 "가장 중요한 것은 눈에 보이지
않는다."라고 했다.

많은 사람들이 '안목'이 있어야 사람도 잘 선택하고 물건도 잘
선택할 수 있다고 한다.

나는 청소년기에 3가지의 꿈을 가졌었다.
첫째는 변호사, 둘째는 교수, 셋째는 수녀가 되는 꿈을 지녔었다.
요즘 유행어로 뜨는 내 나름의 '계획이 다 있었다.'
변호사가 되고 싶었던 이유는 어린 마음에도 무언가 이 세상
에서 누군가 억울한 일을 당했을 때 그 누명을 벗겨 줄 사람은
변호사라고 생각했기 때문이다. 교수가 되고 싶었던 이유는 가

르치는 일을 하려면 본인이 계속 공부하고 연구해야 하니까 발전이 있을 것이고 여성으로서의 최고의 직업이 아닐까 해서 그 직업을 부러워했기 때문이다. 수녀가 되고 싶었던 이유는 어린 초등학교 시절 집 바로 옆에 위치한 성당의 놀이터에서 뛰어놀다 무릎에 조금의 상처가 나도 수녀님께서 금방 달려오셔서 빨간약을 무릎에 발라 주셨던 그 수녀님의 온화한 미소와 따뜻한 배려를 보고 '수녀의 길'이 험난한 '수도자로서의 길'임을 모른 채 나도 커서 그 수녀님과 같은 수녀가 되고 싶었기 때문이다.

중학교 시절, 둘째 언니의 홍대 미대 졸업전시에 가서 서양화 전공인 언니가 먹을 가지고 동양의 미를 표현한 언니의 멋진 작품 및 졸업생들의 아이디어 충만한 다양한 작품들을 감상한 뒤 "아! 예술은 이런 것이로구나." 하며 예술에 눈이 뜨였고 17세의 어느 날 언니들이 즐겨 그림 그리던 도구(친정 언니 중 두 명이 미술대학 출신, 그리고 오빠 한 명도 미술대학 출신)인 캔버스와 붓으로 유화를 그렸다. 그림이 너무 재미있고 좋아서 저녁밥도 건너뛰고 5~6시간 동안 계속해서 그림을 그리며 '나는 앞으로 화가가 되어야겠다.'라고 진로를 그날 정해 버렸다.

그날 어머니께서 저녁 먹으라고 하셨을 때 "어머니! 지금은 한 끼의 밥이 중요한 게 아니고 내가 앞으로 무얼 하며 살지 결정해야 하는 중요한 시점이라서 저녁을 먹지 않겠습니다."라고 말씀드렸고 어머니는 "뭔지는 몰라도 밥 먹고 결정하면 안 되겠나?"라고 말씀하셨던 것 기억이 난다(우리는 어릴 때부터 꼭 어머니, 아버지라 불렀다).

미술대학을 가기 위해서 그날부터 그림을 본격적으로 그리기 시작했고, 서울대 미대 출신인 큰언니로부터 입시를 위한 데생을 배우기 시작했다(나에겐 언니가 훌륭한 선생님이었다). 그리고 나는 이제 나이 60의 '중견 화가'가 되었다.

약 15년 전부터는 훨훨 날아가는 '희망의 새'를 즐겨 그려서 '파랑새 작가'라는 별명을 얻게 되었다.

그림 그려 온 세월이 40년이 넘다 보니 그동안 쌓인 데생 실력으로 사물도 사람도 바라보게 되었다. 그래서 길거리의 몇천 원짜리 옷 중에서도, 중고 가구 중에서도 멋진 디자인을 잘 골라내는 '안목'이 생겼다.

사람 역시 한 번 보면 그 사람의 인격과 됨됨이를 알아채게 되었다.

소위 말하는 '아름다움을 보는 눈'이 서서히 쌓이게 되고 형성된 듯하다.

그래서 절망적인 상황 속에서도 그 속에 잠재되어 있는 한 줄기 희망의 끈을 보게 되는 것 같다.

우리는 살아가면서 때때로 절망적인 순간들을 많이 경험한다. '내가 조금 더 타인을 아름답게 바라볼 수 있었다면…', '단점보다는 장점을 볼 수 있었다면…' 하고 후회할 때가 많이 있다.

모든 사물을 또는 많은 사람의 아름다운 면을 볼 줄 아는 '안목'을 많이 키워야 할 것 같다.

1885년 겨울, 빈센트 반 고흐의 손에서 탄생한 〈감자 먹는 사람들〉 같은 작품에서도 우리는 그저 고달프고 빈곤하기만 한 농민의 생활상만이 아닌 그 속에 잔잔히 묻어나오는 '아름다움'을 볼 수가 있다.

가난을 받아들이는 용기와 그 담담함에 사람이 아름다워지는 것을 볼 수 있게 된다.

예술가들에게는 '아름다움을 보는 눈'이 조금 남다른 게 있는 것 같다. 특히나 그림을 그리는 사람들은 데생 실력을 키우기 위해서 사물을 관찰하고 또 관찰하다 보니 '아름다움을 보는 눈'

이 조금 빨리 형성되는 듯하다.

그림 그려 온 세월 동안 처음엔 '미술'이란 것이 '그림을 그리는 기술'이라고 생각했는데 그림을 그려 갈수록 '그림이란 아름다운 마음을 표현하는 것이다.'라는 생각이 든다.

우리는 누구나 다 모두 이 세상 가운데에서 추한 것보다는 '아름다움'을 추구할 것이다. 그 '아름다움을 보는 눈'은 하루아침에 얻어지는 것은 아닐 것이다.

'사막이 아름다운 이유는 그 어딘가에 샘을 감추고 있기 때문'이라는 혹자의 주장처럼 감추어져 있는 것, 구석진 자리에서 빛을 보지 못하는 일과 인생, 그 속에서 보석을 찾아내는 '아름다움을 볼 줄 아는 마음' 그리고 '아름다움을 발견하는 눈'을 가져야 할 것이다. 그럴 때 어두움이 빛으로 밝아지고 절망 속에서도 '희망'을 갖게 되는 것이다. 그리고 마침내는 '아름다운 마음'을 지닐 수 있게 될 것이다. 그러기에 이 세상 속에서 '아름다움을 보는 눈'은 꼭 필요하며 그것은 아름답고 빛나고 소중한 것 같다.

저 높은 곳을 향하여
Toward That Higher Place

2013. Oil on Canvas. 20호(72×60㎝).

엄마의 마음

내 나이 33세 겨울에 나는 '엄마'가 되었다.

이 세상 속에서 갖고 있는 '화가'라는 직업과 문화센터 강사라는 직업이 가져다줄 수 없는 '엄마'라는 이름은 아기가 태어나는 순간부터 나에게 주어진 영광스러운 이름, 감격스러운 호칭이었다.

첫 애기라 비교적 순산이라 하더라도 하늘이 몇 번은 노랗게 되고 한마디로 죽다가 살아났는데도 "나도 드디어 엄마가 되었다"는 기쁨과 감격에 첫애를 출산한 날 밤새도록 단 5분도 잠을 자지 못하고 먼동이 트는 것을 병원 창문을 통해 멀리서 바라보았다.

둘째를 출산할 때는 산모도 아기도 위험하다는 의사의 말에 "아기만큼은 꼭 살려 주세요." 하며 간절한 기도를 드렸던 기억이 난다(코와 입에는 산소마스크를 낀 위험한 순간에 드린 간절한 기도였다).

그때만 해도 '엄마'라는 호칭만으로도 뿌듯함이 가득했던 것 같다.

아이들이 어린 시절엔 아이들이 주는 기쁨으로 인해 감히 '나는 행복하다.'라고 느꼈다.

아이들의 자아가 형성되고 본인들만의 세계가 존재하고부터는 '엄마'라는 자리가 참 힘든 자리임이 느껴진다. 엄마로서 나는 참 많이 부족하다는 생각을 가끔 한다.

딸이 둘인 나는 우리 딸들이 어떤 여성으로 성장해야 하며 이 사회 속에서 어떻게 잘 살아가야 할까를 두고 고민하며 늘 하나님께 질문하며 아직까지도 확실한 답을 내리지 못한 채 그저 딸들이 가는 길을 지켜보고 있고 우리 딸들은 계속 도전하며 열심히 사는 20대를 보내고 있다.

우리가 대학을 다니던 시절만 해도 계속 공부하는 몇몇 친구만 제외하고는 대부분 대학 졸업 후 작가로서의 꿈을 키우기보다는 결혼하는 것이 본인들의 길이려니 했고, 나는 많은 친구가 그 길을 선택하는 것을 보았다(그 몇몇 친구는 지금도 이름난 작가로 방송에도 등장하고 나는 감히 따라갈 수 없는 대단한 화가 혹은 평론

가가 되었다). 나 역시 지금의 남편의 눈에 띄어 '결혼'이라는 쉽지 않은 길로 들어섰고 두 딸의 엄마가 되었다.

우리 딸들을 곱게, 예쁘게, 그리고 멋진 여성으로 키우느라 최선을 다했던 것 같다.

우리 딸들이 그저 결혼하여 집안일만 하고 아이들 낳고 키우고(그 단순해 보이는 삶이 어렵다는 걸 이 나이에 체감하지만…) 엄마 본인의 삶은 뒤로 밀려나는 여성보다는 가정을 이루더라도 무언가 자신의 전문적인 일도 하면서 더 즐겁게 살아가기를 바라는 마음이 있다. 어떤 위치에 서든 우리 딸들이 행복하고, 건강하고 보람된 시간을 늘 보낼 수 있기를 바라게 된다.

그럼에도 불구하고 딸은 엄마를 많이 닮는다고 하여 좋은 모습의 여성상을 보여 주려고 지금껏 열심히 살아왔던 것 같다. 그래서 엄마는 적어도 노력하는 여성임을 보여 주려고 안간힘을 썼다(많은 시간이 흐른 지금, 평범해 보이는 삶이 더 귀하다는 것을 느낀다). 때로는 집안일도 자명종을 맞추어 놓고 뛰어다니며 청소, 밥, 빨래를 한 시간 만에 해치우고 1시간 후 자명종이 울리면 '나만의 작업실'로 들어가서 거의 매일 작품을 하고 또 하고 그림을 그려 내었다.

오죽하면 딸의 초등학생 일기장에

"우리 엄마는 그림을 그리고

그리고

그리고

.

.

또

그립니다. 끝."

이렇게 썼을까?

쉼 없이 달려온 결과, 그동안 개인전도 많이 열었고 어느덧 제법 이름있는 '중견 화가'가 되었다.

그럼에도 나의 삶이 행복한지,

'나의 삶의 만족도'는 얼마나 높은지 스스로에게 묻는 중년 아줌마를 넘어서서 할머니가 되어 가고 있다.

대학 시절 친구들의 자녀들은 제법 결혼을 많이 하여 손자가 여럿 되는 친구도 더러 있다. 내 공부 하느라 아이를 좀 늦게 낳은 나는 꿈도 못 꿀 이야기이다.

'나만의 세계'를 제법 구축했다고 여겨짐에도 우리 딸들을 생각하거나 바라보면 '엄마가 잘한 걸까?' 또 질문하게 된다.

우리가 자라던 시절, 특히 나는 6남매의 막내로 자랐기에 언니, 오빠들의 행동을 보고 부모님께 야단맞기 전에 알아서 척척했기에 야단도 거의 맞지 않고 자랐고 늘 순종하며 지냈던 기억이 생생하다.

우리의 청소년기에는 스마트폰이라는 엄청난 기계가 없었기에 학교 다녀오면 교복 걸어 놓고 세수하면서 양말을 손으로 씻어서 널어놓고(학생으로서 부모님께 효도하는 길은 오로지 열심히 공부만 하는 것이라 생각했었다. 그리고 엄마의 수고를 조금이라도 덜어 드리고자 양말을 손으로 씻어 놓는 정도…) 바로 책상 앞에 앉아 공부했기에 세상이 어찌 돌아가는지 잘 몰랐던 것 같다.

요즘 아이들은 스마트폰이라는 조그만 기계 안에 온 세상의 거대한 세계가 모두 담겨 있으니 생각 주머니가 꽉 찰 뿐 아니라 정보가 너무 많아서 홍수가 날 지경이다.

옛날에 우리는 엄마가 만들어 주시는 음식이 세상에서 최고로 맛있는 음식이라 여겼기에 대학 다닐 때도 어머니가 만들어 주시던 집밥이 그리워 개학하여 서울로 갈 때는 못내 아쉬워했던 기억이 남아 있다.

그런데 요즘 아이들은 인터넷 검색을 하여 엄마 이상의 멋진 요리를 만들어 낸다.

무슨 일을 하든 우리 딸들이 이 세상 가운데에서 잘 버텨 낼 뿐 아니라 자존감을 갖고 더 나아가서 사회에도 기여하는 실력 있는 일군으로 인정도 받고 인성도 좋은 한 인격체로 잘 살아가기를 어제도 오늘도 내일도 바라며 살고 있다.

나도 우리 친정어머니의 딸로서 이제 그 '엄마의 마음'을 알아가고 있다.

올해 92세이신 어머니께서는 깜빡깜빡하시면서도 아직도 여전히 막내딸인 나를 예쁘게 봐 주시고 아주 가끔씩 찾아뵙는데도 어머니를 찾아와주어서 고맙다고 말씀하신다. 조그만 음식에도 "누구 딸인데, 맛있게 하고말고."라고 칭찬해 주신다. 전시 리플렛을 보여 드리면 흐뭇해하시며 "작품 색깔이 참 좋다."라고 칭찬해 주신다.

중년인 우리도 엄마의 칭찬 한마디에 또 힘내어 이 세상의 고난을 이겨 나가는 듯하다.

　이제 너무 연로하시어 백발에 힘없이 누워 계시는 어머니를 뵙고 오는 날은 잠이 잘 오질 않는다.

　'얼마나 우리 곁에 계실 수 있을까?', '저러다 어느 날 하늘나라로 갑자기 가시면 어떡하나?' 그런 불안한 마음이 든다.

　아름다운 저녁노을을 보며 백발의 주름진 어머니의 얼굴을 대할 때 나이 60이 다 되어서 이제야 '엄마의 마음'을 알 것 같은 이 중년의 가을에 나를 이 땅에 있게 하신 하나님께 그리고 키워 주신 부모님의 마음, 따뜻한 '엄마의 마음'을 아직도 몸소 보여 주시고 가르쳐 주시는 어머니께 무한한 감사의 마음을 갖게 된다.

2018. 가을에

자장자장 아가야
Rockaby Baby

1993(2016). 판화.

생활력이 강하고
손이 크셨던 요리 전문가 어머니

친정어머니는 생활력이 참 강하셨던 것 같다.

8남매의 장녀로 자란 세월로 인해 원래도 리더십이 있으셨겠지만, 아버지께서 고등학교 교사를 하시면서 우리 6남매 공부시키느라 사업을 시작하시고 대형 서점과 검인정 교과서 일을 하실 때 서점에 점원이 제법 많았는데 그 대식구들에게 한결같이 그 많은 반찬을 해서 맛난 식사를 늘 즐겁게 대접하셨다. 서점이 있는 4층 건물과 연결된 우리의 주거 공간인 집은 방 수가 엄청 많은 큰 집이었다(재벌은 아니었지만 집이 넓었다. 그래서 2층 전체는 친척이 오랫동안 거주하거나 방1~2개는 항상 다른 식구들을 위한 공간으로 자주 사용되었던 것 같다).

그러니 시골에서 아버지의 친척들이 우리 집에 오시면 어떤 분은 굉장히 오랜 기간 머무셨던 것 같다(어머니는 손님들을 참 편

하고 귀하게 대하셨다. 손님들이 오신 지 이틀만 지나면 맛난 요리와 재미있는 화술로 그분들과 금세 친구가 되는 탁월한 친화력을 지니고 계셨다). 그리고는 그다음에는 그분들의 아들 혹은 딸이 우리 서점에 점원으로 오기도 했는데(요즘의 알바처럼) 낮에는 서점 일을 했고, 저녁에는 아버지께서 그들을 야간 고등학교에 보내시곤 했다.

어머니는 결혼 전엔 잠시지만 초등학교 선생님을 하신 적도 있다고 한다. 그래서 아마도 여러 청소년들을 내 자식처럼 대하신 것 같다. 어떻게 그렇게 씩씩하게 대식구의 식사를 차려 내셨을까?

새삼 대단하시다는 생각이 든다.

음식 솜씨가 참 뛰어나셨던 어머니가 해 주시던 그 맛난 음식이 그립다.

나도 식당보다는 집에서 직접 요리하여 손님 초대하기를 즐겨 하는 사람인데…. 어머니의 그 손맛을 흉내 내어 음식을 맛있게 만들어 내려고 노력한다.

그러나 친정어머니의 그 손맛을 따라가려면 한참을 더 연구해야 할 듯하다.

아버지는 늘 "반찬이 너무 많다"고 말씀하시고 어머니는 "다 먹고 살자고 일하는 건데 우리 집에 거하는 모두가 잘 먹어야 한다."라고 말씀하셨다.

낮 시간에 반찬 만드시느라 분주했던 어머니를 위해 늦은 저녁 시간엔 아버지께선 어머니께 항상 신문도 읽어 주시고 어떤 때는 소설책도 읽어 주셨다. 그래서 어머니도 참 유식하셨다.

나는 공부하다가 주방에 물 한 잔 마시러 갈 때마다 들리는 아버지의 '아내에게 책 읽어 주는 소리'가 참 듣기 좋아서 물을 여러 번 마셨던 것 같다.

생활력이 강하셨던 어머니
My Mother had Strong Ability to Maintain Livelihood

2020. 혼합재료. 15호 변형(65×60㎝).

선구자

—먼 길을 떠나시는 아버지

처음에는 그 옛날, 복음을 전하기 위해서 강을 건너고 조국을 떠나온 '선교사님들의 삶'을 생각하며 작품을 시작하였다.

작품을 완성하기 전, 친정아버지께서 세상을 떠나셨다.

돌아오지 못할 그 먼 길을 떠나신 것이다.

제법 오랜 세월 동안 고등학교 영어 선생님으로 재직하셨던 아버지께서는 고교 영어 교과서에 'Country Man'이 등장하면 시장에 가서 두루마기와 갓까지 구하셔서 그 옷을 입고 교실에 등장하셨다고 한다(이모들이 아버지의 제자라서 전해 주셨다.)

두루마기와 갓을 쓰신, 평생을 선하게 살다 가신 아버지의 모습을 '선구자'라는 제목으로 작품을 완성했다.

양띠셨던 아버지를 기억하며 한지 위에 "내가 온 것은 양으로 생명을 얻게 하고 더 풍성히 얻게 하려는 것이라."라는 성경 구절을 기록하였다.

다시는 돌아오지 못할 그 먼 길로의 출발이 외롭지 않도록 새가 '선구자'의 여행길에 동행하고 있다.

신구자
A Pioneer(Father who Goes on a Long Journey)

2013. 혼합재료. 100호(162.2×130.3㎝).

그리움

나는
한 번씩
펑펑 운다.

가끔 나는
꺼이꺼이
운다.

하늘나라에
가신

아버지가
보고 싶어서

혼자서

펑펑 운다.

구름 속에서

해가 방긋

나올 때면

아버지가

나를

해님처럼

반겨 주시는 것

같고

몹시도 더운 날

시원한 바람이

불 때면

바람이 되어

나의 곁을

스쳐

지나가는

듯하다.

한 마리 새가

사뿐사뿐

내 곁에

친구처럼

따라다닐 때면

아버지가

새가 되어

내 곁에

머무는 듯하다.

장례식 때
어머니께서
"보소 보소 어딜 가요?
한 마리 새가 되어
좋은 곳에 앉으세요."
하시던 그
말씀대로

한 마리 새가 되어
울 어머니 곁에
내 곁에 우리 곁에
머무는 듯하다.

그 누가
나를 그리
반겨 줄까?

그 누가

나를 그리

응원해 줄까?

이 세상에서

나는 더 이상

내 아버지와 같은

사람을

만날 수가 없다.

이 세상에서

나는 더 이상

내 아버지와 같은 사랑을

대할 수가 없다.

한 마리 새가 되어

때로는

서늘한 바람이 되어

나무 그늘이 되어
내 곁에 함께하지만

이 세상에선
더 이상
만날 수 없는

아버지가
오늘은

몹시도
보고 싶다.

2014년

그리움
Longingness

2015. 혼합재료. 15호(65.1×53㎝).

양치기 소년

어린
양치기 소년은
오늘도
길을 나선다.

아픈 엄마가 손에 쥐어 준
주먹밥 하나
들고서
집을 나선다.

가다가
눈물이 흐르면
푸른 하늘을
올려다보고

아빠 생각이

날 때면

피리를 분다.

양의 순한 눈을

바라보며

착하고

순하게

살아야지

다짐한다.

언덕을 넘으며

노을 진

들녘을 바라보며

얼른 가서

아픈 엄마를

보살펴 드리러

발걸음을 재촉한다.

푸른 하늘을 바라보며
희망을 가지고
하얀 구름을 바라보며
깨끗한 마음 지니고
넓은 초원을 바라보며
인내와 용서를 배운다.

그래도 사랑을 주는
엄마가 계시기에
가난도 이겨 낸다.

푸른 하늘
하얀 구름
넓은 들녘
엄마

이 모두가

어린 양치기 소년에게는

모두 소중하며

고마운 스승이다.

오늘도

어린

양치기 소년은

감사의 기도를 드리며

푸른 들녘을

걸어간다.

양과 함께

2015

양치기 소년
A Shepherd Boy

2015. 혼합재료. 20호(72×60cm).

윤동주 시인과 아버지는
대학동기생

윤동주 시인에 관한 영화도 최근에 나오면서 윤동주 시인을 다시금 떠올리게 된다.

일전에 친정 큰언니의 "우리 아버지와 윤동주 시인이 같은 시기에 함께 연희전문 문과에 다니셨다. 그러니 자부심을 갖고 살자."라는 전화를 받고는 천국 가신 친정아버지의 훌륭하신 삶에 대해서 다시 생각하게 되었다.

아버지는 남해에서 태어나셔서 어린 십대 시절에 일본에서 공부하시고 연희전문(지금의 연세대학교) 영문과에 진학하여 공부하시고 졸업하시고 오랜 기간 동안 고등학교 영어 교사를 하시면서 우리를 키우셨다.

윤동주 시인과 같은 시기에 함께 같은 스승 밑에서 공부하신 문학청년이셨다.

6남매를 키우시느라 교사를 하시고 사업을 하시면서도(서점은 50년 동안 경영하셨고 그 외에도 운수업, 관광회사 등을 운영하셨다) 평생 책을 읽으시며 글을 쓰시는 모습을 나는 늘 가까이에서 대할 수 있었다.

아버지는 가장으로서 윤동주 시인과는 비록 다른 길을 가셨지만 윤동주의 시처럼 '하늘을 우러러 한 점 부끄럼 없이' 사신 훌륭하신 분이셨다.

어린 나이(10대 소년)에 일본 유학길에 올랐을 때 얼마나 힘드셨을까 싶은데 교육열이 무척 강하셨던 아버지는 우리에게도 우리 자녀들에게도 '유학의 길'을 권하셨다.

작업실에서 꺼낸 오래전 작품을 보며 그 길은 작품 제목처럼 '외로운 길 그러나 가야 할 길'이었음을 절감한다.

우리도, 또 우리 아이들이 먼 유학길을 떠날 때도 이런 마음으로 떠났지만 그 어려움을 견디고 견뎌서 참된 것을 많이 배웠고 우리 자녀들도 그러리라 믿기에 기꺼이 그 먼 길을 떠나보내곤 했다.

새삼 윤동주 시인의 시구가 떠오른다.

서시

죽는 날까지 하늘을 우러러

한 점 부끄럼이 없기를,

잎새에 이는 바람에도

나는 괴로워했다.

별을 노래하는 마음으로

모든 죽어가는 것을 사랑해야지.

그리고 나한테 주어진 길을

걸어가야겠다.

오늘 밤에도 별이 바람에 스치운다.

하늘을 우러리
Looking Up the Sky

2016. 혼합재료. 20호(72.7×60.6㎝).

딸 집에 가는 길

얼마 전 공모전에 작품을 내기 위해 작품 구상을 하던 중 우연히 시골의 '버스정류장'을 보게 되었다. 사람이 아무도 없는 버스정류장의 빈 벤치에 마치 친정아버지와 어머니께서 앉아 계신 것 같은 착각, 그리고 상상이 되었다.

사랑하는 딸에게 가져다주려고 김치며 곡식이며 밑반찬 등을 보따리에 잔뜩 바리바리 싸 들고 버스가 오기를 기다리시는 노부부의 모습. 요즘 가끔 시청하는 〈편스토랑〉에도 딸 주려고 바리바리 싸 가는 어머니, 아버지들의 모습이 나온다. 그걸 보는 나도 어머니, 아버지의 모습이 떠올라 찡하기도 하고 바로 공감이 되었다.

때로는 무거워도, 때로는 덥거나 추워도 바쁜 딸에게 하나라도, 조금이라도 도움을 주고자 베푸는 부모님의 사랑이 그저 그립다. 내가 막내딸이라 전시전은 바쁘다고 먹거리를 잔뜩 가지고 자주 우리 집을 방문해 주셨던 부모님의 사랑과 손길이 새삼 그리워지는 비 오는 날이다.

　이제는 내가 우리 딸들에게 부모님이 베푸셨던 그 사랑을 베 푸는 일만 남았다. 딸 집에 가는 길은 항상 즐겁다. 내가 딸에게 갈 때마다 부모님의 모습이 떠오른다. 그 사랑을 갚을 길은 없 고⋯ 그저 우리 딸들에게 조금이라도 갚을 수 있을까? 우리의 부모님이 하셨던 것 반이라도 따라갈 수 있을지 모르겠다.

딸 집에 가는 길
On the Way to Daughter's House

2020. 혼합재료. 50호(116.8×91㎝).

엄마가 만들어 주신
꽃무늬 원피스

약간은 분홍빛에
파란색, 흰색
잔잔한 꽃망울들이

예쁘게 수놓인
예쁜 원피스

내 어린 시절

초등학교 다닐 때
엄마가 만들어 준
어여쁜 원피스

언니들 옷만
물려받아 입다가

비로소

나만의 옷이라고
입고 빙빙 돌고
하루종일 입고 있다가
스르륵 잠이 든
꽃무늬 원피스

꽃무늬 원피스 입고
쇼팽의 왈츠곡을
가느다란 손목으로
곧잘 치던
어린 시절
그 소녀는
이제

할머니가
되어 가지만

어린 시절의 꿈을
아직도 펼쳐 보려고
꽃무늬 원피스
떠올려 보네.

원피스 꽃 속에서
엄마가 환하게
웃고 계시네.

믿음 소망 사랑의 파랑새
A Bird of Faith, Hope, and Love

2015. 혼합재료. 100호(162.2×130.3㎝).

긴 소풍길에 만난 예수님

친정어머니를 갑자기 떠나보낸 슬픔을 딛고 일어서서 그리게 된 작품 〈긴 소풍 길에 만난 예수님〉.

하늘나라로 긴 소풍을 떠나신 어머니께서도 예수님을 만났을 것이다.

예수님을 만나서 어떤 대화를 나누셨을까?

어머니 특유의 유머 감각으로 예수님을 '하하' 웃게 만드셨을 것 같다.

이런 이야기를 예수님과 하지 않았을까?

"아이구, 예수님. 여기 오는 길이 너무 멀어서 더워서 죽는 줄 알았습니데이. 이제 내가 지낼 곳은 여깁니꺼? 우리 애들은 여기 없지만 우리 영감은 잘 계시지요? 한숨 돌리고 빨리 찾아봐야겠네. 내가 지낼 곳은 여기려니 하고... 우리 애들 다 건

강하고 잘되도록 기도나 많이 해야겠네예. 예수님은 식사하셨

습니까?"

뭐 이런 이야기 나누며 그곳 천국에서 잘 지내셨으면 좋겠다.

어머니는 살아 계셨을 때 참 긍정적이고 잘 웃으셨고 아버지가

떠나시기 전까지는 늘 유쾌하고 행복한 시간을 보내신 것 같다.

어머니의 그 호탕한 웃음소리와 씩씩한 목소리가 듣고 싶다.

긴 소풍 길에 만난 예수님
Jesus I Met on a Long Picnic Road

2020. 혼합재료. 40호(100×80.3㎝).

천국에 계시는 아버지와 어머니의
아름다운 사랑과 추억

늘 곁에 계시고 영원히 함께하실 것 같던 친정 부모님…. 두 분 다 소천하시고 나니 사람들은 나더러 이제 고아가 되었다고 한다.

내 나이 60에 어머니와 이별했는데도 처음엔 '이제 어찌 살아갈꼬?' 참 막막했다. 부모님이 살아 계신 사람들은 가족조차도 나의 슬픔을 모르는 듯 느껴지기도 했다.

나의 친정 부모님은 두 분 다 정말로 훌륭한 분이셨다.

두 분 서로도 항상 사랑하며 배려하며 우리 자녀들에게도 좋은 모습을 많이 보여 주셨다.

누가 보아도 '잉꼬부부'셨다.

부부간의 아름다운 사랑이 바로 '귀한 유산'이라고 나는 생각한다.

우리 부모님만큼 살기가 쉽지 않은 것 같다.

두 분의 그 사랑을 기리며 추억하는 마음으로, 그리고 추모하는 마음으로 〈천국에 계시는 아버지와 어머니의 아름다운 사랑과 추억〉이라는 작품을 제작하게 되었다.

작품 속 두 마리 새 역시 서로 바라보는 다정한 모습이다.

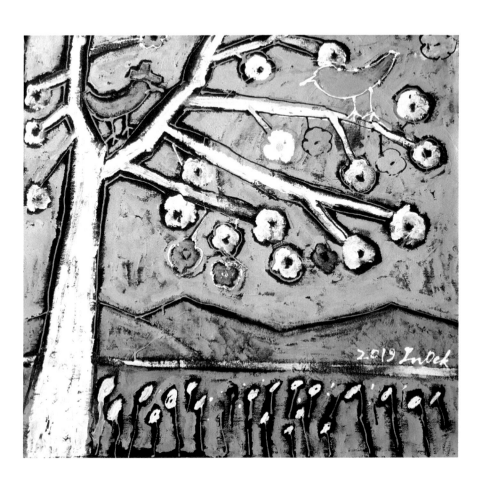

천국에 계시는 아버지와 어머니의 아름다운 사랑과 추억
Beautiful Love and Memory of Mother and Father in Heaven

2019. 혼합재료. 20호(72.7×60.6cm).

슬퍼할 권리

친정아버지, 어머니 두 분 모두를 하늘나라로 떠나보낸 후 처음에는 나는 나 자신이 마치 '허수아비'가 된 것 같은 느낌을 받았다.

사람들 속에서 슬픔을 감추려고 해도 영화나 드라마 속에서 이별 장면 혹은 장례식 장면이 나오면 자동적으로 눈물이 흘러내리고 또다시 슬픔의 '어두운 터널 속'으로 들어가게 된다.

주변에서 큰 병으로 인해 거의 의식 없이 오랜 시간 누워 계시는 부모님을 둔 자녀들이 지켜보기가 힘들다고 하면 "그래도 살아 계시면 손이라도 한번 잡아 드릴 수 있지 않나요?"라며 그 사실을 감사하라고 말하곤 한다.

부모님은 세상을 떠나서도 내 마음속엔 항상 살아 계신다.

부모님을 만나고 싶은 마음이 커서 그럴까?

요즘엔 꿈에서 어머니, 아버지가 우리 집을 방문하시는 꿈을 자주 꾸게 된다.

'이제 그만 받아들여야 하는 슬픔과 이별'이 늘 내 마음 가득히 있다.

그러다 보니 이제 그만 슬퍼하라고 말하는 그 말이 때로는 잔혹하게 들린다.

나에게는 '슬퍼할 권리'가 있다.

세월호 사건으로 자녀를 잃은 부모들에게 그 유가족에게 "이제 그만 슬퍼하라"고 말해서는 안 된다. 수학여행을 떠난 자녀가 집으로 영원히 돌아오지 않았는데…. "엄마, 다녀왔습니다."

그 소리가 얼마나 사무치게 그리울 텐데….

코로나로 인해 세상을 떠난 분들도 떠올려 본다. 그 누군가의 남편, 아내, 어머니, 아버지, 형제, 자매였을 그분들을 떠나보내고 슬퍼하는 자들의 아픔을 간과해서는 안 된다.

그들 모두 충분히 '슬퍼할 권리'가 있다.

진도 팽목항
Jin-do Paegmok Port

2017. 혼합재료. 20호(72.7×50㎝).

파랑새

파랑새 한 마리
사뿐사뿐

조용히
모래 위에
서 있다.

새야 새야
파랑새야
조용히
말을 걸었다.

날아가

버릴 것 같은

파랑새가

나에게로

다가왔다.

"너의 고난은 뭐니?"

빤히

처다보더니

휙

날아가

버린다.

조용히
지켜보기만
할걸

괜스레
말을 걸었다.

파랑새와
하얀 파도
깨끗한 모래

이게 바로
평화인 것을

파랑새가
남겨 준

파아란 교훈

파랑새
A Blue Bird

2015. 혼합재료. 30×30㎝.

달빛이 주는 위로

앞이 캄캄해지는

절망의 소식 앞에서는

그 누구의 위로도 위로가 되질 않는다.

은은하게

비추이는

희미한 달빛이

위로가 될 때가 있다.

내일은

오늘보다는 나을 거라고…

다
괜찮아질 거라고

은은한
달빛이 말해 준다.

나는
달에게 이야기하고
그 달은
내 이야기를
조용히
들어 주는 듯하다.

달빛이 주는 위로
Consolation from Moonlight

2019. 혼합재료. 60호(130×97㎝).

부활의 열매

나는 '부활'을 믿는다.

사람이 한 번 태어나서 한 번은 죽음을 맞게 되지만…

육신은 이 땅에서 마지막이지만 영혼만은 다시 살아남을 믿는다.

그 사실을 믿지 않는다면 두 분 부모님을 모두 천국으로 떠나보낸 후 나는 다시 일어서질 못했을 것이다.

〈부활의 열매〉라는 작품 속에 흰 꽃이 크게 크게 피어났다.

그리고 다음의 성경 구절을 기록했다.

"이제 그리스도께서 죽은 자 가운데서 다시 살아나사 잠
자는 자들의 첫 열매가 되셨도다."

올해 2월 초, 코로나가 기승을 부리기 바로 직전 중국에서 유행할 때 계획되었던 개인전을 인사동에서 열게 되었다. 가능한 관람객이 많이 오지 않기를 기도한 전시는 이번이 처음이었다.

그러면서 이 전시가 무슨 의미가 있을까를 생각하고 있던 어느 날, 《CBS》 방송국에서 전시 인터뷰를 하러 오셨다.

그 전날 딸과 함께 야식을 먹어 부은 얼굴을 체크하느라 기자 분이 오시기 전 화장실에 들렀는데…. 문이 고장 나서 화장실에 잠시 갇혔다. 큐레이터께 SOS 문자를 보내고 겨우 나오게 되어 엉겁결에 인터뷰를 하고 나중에 다시 보니 얼굴은 부어서 찐빵처럼 나오고 말은 버벅거리고….

그럼에도 이 〈부활의 열매〉라는 작품과 성경 구절이 화면에 크게 나오는 걸 보면서 내가 예쁘게 나오는 걸 포기하더라도 기독교적인 내용의 작품이 잘 소개됨에 감사했다. 나에게는 그런 추억과 에피소드를 남긴 작품이다.

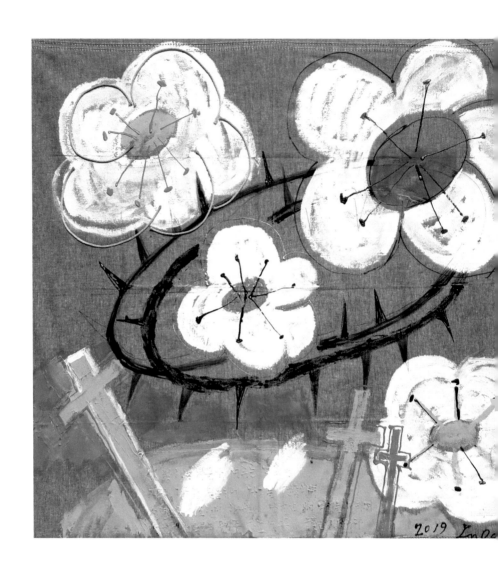

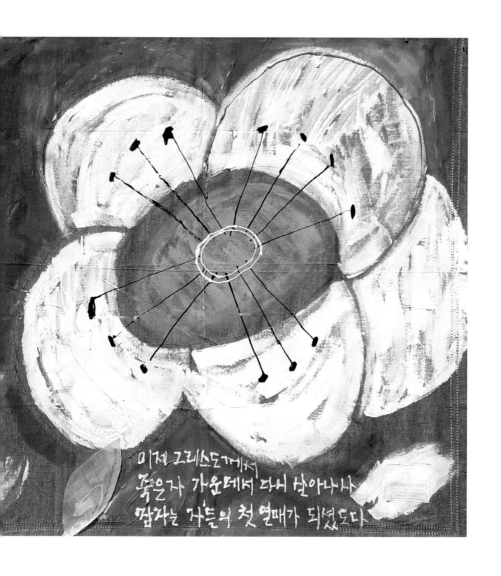

부활의 열매
Fruit of Resurrection

2019. 혼합재료. 240×120cm.

돌아온 세월호 천사

―세월호 사건이 일어난 지 삼백 일이 지난 즈음에

너희들이 배를 타고

이 세상을

떠나간 지

300일이

다 되어

간다는 게

믿어지지가

않는구나

해가 뜨고

달이 지고

세상은 여전히

시끌벅적

그대로인 것

같은데….

일상을 살아내느라

너희들을 잠시

잊었다.

정말

미안하다.

어느 날

문득

〈돌아온 세월호 천사〉를

그림으로

그리게 되었다.

그래

너희들의

육신은

떠나갔지만

영혼은

떠나지

않았더구나.

너희들의

부모님

마음속에

그리고
아이를 키우는
우리네 부모들의 마음속에

천사가 되어
돌아왔더구나.

무지한 어른들

나쁜
어른들 때문에

너희가 대신
세상을 떠났다.

정말 미안하다.

그런데
너희들은
천사가 되어
돌아왔구나.

이 어둔
세상을 바라보며

이 차가운
세상을 밝히려고

천사가 되어
돌아왔구나.

돌아온 세월호 천사
Return of a Se-wol Ferry Angel

2014. 혼합재료. 15호(53×65㎝).

두루미가 듣는
힐링의 노래

다음 문장은 『한때 소중했던 것들』(이기주 수필)에 기록된 문장
이다.

구구절절 공감되는 말들이다.

"살아간다는 것은 마음속에 나무 한 그루씩 심고 가꾸어
나가는 일인지도 모르겠습니다. 어둠이 밀려오고 바람에 흔
들리고 빗물에 젖더라도 나무 가꾸는 일을 포기해선 안 됩
니다. 혹시 압니까? 각자의 나무를 잘 보듬고 그것이 잘려
나가지 않도록 살피다 보면 인생의 어느 봄날 저 멀리서 아
름다운 새 한 마리 날아들지도 모르죠."

화초에 물을 줄 때마다 느끼는 감정은 이 조그만 화초가 잘 견뎌 주기를, 시들해짐이 아니라 파릇파릇하게 다시 싱싱하게 살아나기를 바라며 물을 공급한다.

화초처럼, 나무처럼 잘 살피고 가꾼다면 시들해져 가던 우리 사람의 마음도 몸도 다시 살아날 수가 있는 것 같다.

시원한 생수를 마셔야 하고 깨끗한 물을 자꾸 공급해야 한다.

소중한 사람이 떠나갈 때 죽어 가던 화초가 물을 주면 다시 살아나는 장면이 떠오르고 그 같은 기적을 바라게 된다.

그러나 그런 기적이 나에게 전개되지 않을 때 우리는 또다시 '절망'과 마주한다.

부모님이 떠나가실 때도, 함께 신앙생활 하던 성도님이 세상을 떠날 때도 간절히 그런 기적이 일어나기를 바라고 기도했었다. 그러나 우리 연약한 인간으로서는 어쩔 수가 없는 한계가 있다.

내 그림 속 두루미가 나무 앞에서 떨어지는 꽃잎, 나뭇잎을 물끄러미 바라보며 듣는 '힐링의 노래' 소리가 저 멀리서 들려온다.

두루미가 듣는 힐링의 노래
Healing Song that Crane Listens to

2020. 혼합재료. 30호(90×72㎝).

한 마리 새가 되어

나는
한 마리
새가 되고 싶다.

기쁨의 노래도
슬픔의 노래도

한결같이
비슷하게

지지배배
울어 대는

한 마리

새가

되고 싶다.

한 마리

새가 되어

기쁜 일

있는 사람

옆에 앉아

함께 기뻐하며

박수도 쳐 주고 싶고

슬픈 일, 억울한 일

당한 사람의

어깨에 앉아서

"괜찮아요."

오늘보다

내일은

조금

나을 거예요.

말해 드리고 싶다.

훨훨 날기를
Wishing to Fly Higher

2017. 혼합재료. 10호(53×45.5㎝).

달동네에서 바라본
커다란 보름달과 소망

정치인들이 잘못하는 뉴스들을 볼 때마다

'권력과 명예와 부'

그 모든 게 다 부질없음을 직시하게 된다.

아직도 우리나라에는, 특히 서울에는 고층 빌딩과 호화로운 주택들이 많은 반면 '달동네'도 여전히 존재하고 있고 그곳에 살고 있는 많은 이들이 매 끼니를 걱정하며 살아가고 있다.

그들에겐 오히려 밤하늘의 달과 별들이 더 잘 보일 수도 있을 것이다.

보름달을 바라보며 소박하지만 큰 소망을 가져 보기도 할 것이고 자녀들의 손을 잡고 별을 쳐다보며 '미래의 꿈'에 대해서 이야기를 나눌지도 모른다.

달동네에서 가지는 소망과 희망이 더 클 수 있다. 더 소중할 수 있다. 그러한 부분을 이 작품을 통해 암시하고 간과하지 말아야 될 부분을 미약하나마 작품으로 표현하고 싶었다.

달동네에서 바라본 커다란 보름달과 희망
Giant Full Moon and Hope Seen from a Shanty Town

2019. 혼합재료. 12호 변형(57×51㎝).

추기경님의 마지막 말

나의
이생의
마지막 말은
무엇일까?

"고맙습니다.
사랑합니다."

김수환
추기경님이
남긴 말씀

아프신 중에도
"나는 괜찮다.
나는 괜찮다."

친정아버지의 마지막 말씀

훌륭한
어르신들의
남긴 말은

늘
가슴속
울림이 있다.

나는

이생에서

어떤

마지막 말을

하고

떠날 수 있을까?

예수님과 아이
Jesus and a Child

2014. Oil on Canvas. 10호(53×45.5㎝).

그림 같은
자기소개서

나는 이화여대 미술대학 서양화과에서 4년간 공부한 뒤 졸업하고 바로 독일 유학길에 올랐다.

한국에서의 학부 시절, 공부를 하는 동안 커리큘럼에 '추상회화' 수업이 많아서 우리는 '추상화'가 무엇인지도 모른 채였지만 손은 기하학적인 추상화를 그리고 있었다.

그래서 무언가 제대로 더 배우고 싶어서 기초부터 단단히 공부할 수 있다는 독일로 유학을 가게 되었다. 6년간의 독일 유학 기간 동안 데생을 아마도 이천 장 넘게 한 것 같다. 그리고 판화 공부를 하고 '판화 일러스트레이션'으로 석사학위를 받게 되었다.

그때 수도 없이 반복하게 된 '인체 데생'이 지금 작업을 할 때, 특히 인체를 표현할 때 큰 도움이 된다.

청소년 시절에 가졌던 거창한 꿈들을 모두 뒤로 한 채 '화가의

'길'을 걷게 되었는데, 독일에서 기초부터 단단히 다졌을 뿐 아니라 유럽의 많은 작가의 '철학적인 작품'들을 많이 감상하면서 '내 나름의 철학을 가진 작품', '나만의 독특한 작품세계'를 가질 수 있게 되었다.

때로는 신앙세계를 작품을 통해 표현하기도 하고 때로는 '시대의 아픔'을 그대로 표현하기도 한다. 한마디로 남의 눈치 보지 않고 표현하고 싶은 것을 자유롭게 표현하고 있다.

그림을 그려 온 세월이 어느덧 45년쯤 되었다.

'그림 그린다는 것', 미술이란 단지 '그림 그리는 기술'이라 여겨서 잘 그리려고 무던히도 애써 왔다. 그러나 최근엔 '예쁜 그림'을 벗어나서 때로는 좀 거칠기도 하고 전혀 가공되지 않은 '원시적인 그림'을 그리고 있다.

때로는 사회의 사건, 사고들이 마음을 짓눌러서 사건이 터질 때마다 화가로서 그 아픈 일들을 간과할 수 없기에 '세월호의 아픔'이라든지 '오월에 대한 아픈 기억(광주민주항쟁)'과 같은 시대적 아픔에 관한 작품이 탄생하기도 한다.

〈촛불의 힘〉과 같은 작품에선 작품을 통해 '민주화의 열망'

을 이야기하기도 한다.

　때로는 그림으로 남을 치유하겠다고 '평화', '쉼', '평안'에 관한
작품을 했다가 그런 작품이 나 스스로에게 위로와 쉼을 가져다
주기도 한다.

　우리 시대의 미술은 지금 어디쯤 와 있을까?
어떤 책에서 다음과 같은 구절을 보았다.

　　"현대미술이 갖는 불확실성과 비인간성 속에서 우리는 새
　　시대의 예술가상을 그려 보아야 한다. 우리 시대의 '순정파
　　작가'들은 상처받고 방황하기 쉽다. 때문에 그들은 역사의
　　당사자이기보다 방관자로 남아있길 원하며 침묵하는 다수
　　의 자리를 지키려고 한다. 어쩌면 그들은 부조리한 예술계의
　　이면에서 '초인'을 꿈꾸는 '우리시대의 라스콜리니코프'(도스
　　토옙스키『죄와 벌』)가 되어 버렸는지도 모르겠다."

－ 이건수의『미술의 피부』에서

조미료가 전혀 가미되지 않은 무공해 음식을 먹으면 속이 편

한 것처럼 그림도 담백하면서 순수하면서 바라보고 있으면 마음이 편해지는 그러한 작품을 해 보고 싶다.

나에게도, 다른 이에게도 눈을 시원하게 하고 마음에 '위로와 쉼'이 되는 작품을 하는 이 시대의 '참된 작가'가 되고 싶은 것이 나의 소박한 소망이다.

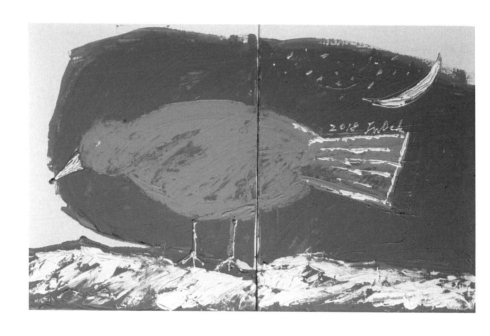

달과 별, 그리고 평화의 비둘기
Moon, Star, and a Dove of Peace

2018. 혼합재료. 20호(72×60㎝).

바보 엄마

딸들의 고운 이름을 불러 보고
너희의 예쁜 얼굴을 떠올려 보는
그런 날은

아무것도 먹지 못해도
배가 부르구나.

첫애를 출산한 날
나도 '엄마'가 되었다는
그 행복감에
힘든 것 다 잊어버리고
기뻐서 한숨도 못 잤던

나는 바보 엄마

큰딸이 유치원에 처음 가던 날
오히려 엄마가 울었던

나는 바보 엄마

막내가 유치원 혼자 가기 싫다고
우는 통에
유치원 미술 쌤을 자처하곤
교실의 책상들을 한꺼번에 들다가
허리 다쳐
오랜 세월 몸져누운

나는 바보 엄마

하숙 못 한다고 우는 딸의 모습에
두 시간 만에 보따리 싸서

이사 가는

나는 바보 엄마

어떤 사람이 되었으면
좋겠냐고 질문할 때

큰딸에겐
테레사 수녀님 같은
사람이 되라 하고
막내딸에겐 세계적인 예술가가 되라고…

나는
그 백만 분의 일도 못 되는
못난 삶을 살면서
너희들에겐 그 큰 짐을 지워 주어 미안하구나.

학부모 카톡방에
160명이나 들어오니
말 잘하던 이 엄마도
한 문장도 쓰질 못했다.

나는 글로벌 인재도
소용없고
건강하고 행복하게만 지내라고
해 놓고선
너희에게 큰 짐을
안겨 주어
미안하다.

나는
남을 잘 용서하지도 못하면서
너희들더러
용서하며 살라고 가르치다니
미안하구나.

나는
아빠를 제대로
사랑하지도 못하면서
너희들더러
좋은 사람 만나 행복하게 살라며
사윗감의 기준을 높이
이야기하는

나는 바보 엄마

나는 효도하지 못하며
나중에 엄마, 아빠가
늙으면
무시하지 말라는

나는 못난 엄마

엄마는

늘 절망하면서

너희들에겐

'희망'이라는

단어만 사랑하라고

가르쳐 미안하구나.

엄마는 이제

숨이 차서

막 뛰어다니는

사람들 속에서

할머니처럼 천천히

한 계단 한 계단 오르며

오늘도 너희들이

잘되기만을,

별빛처럼

너희들이

반짝반짝 빛나기를,

잘 도와주지 못하며
이 힘든 세상 속에서
담대하기를
기도하고 또 기도만 하는

나는 바보 엄마

먼 훗날
엄마가 천국 가면

우리 엄마는
'바보 엄마'였다고

그러나
너희를
너무도 사랑해서

좋은 직장도 포기하고

자신의 행복 찾기도

뒤로 미루고

몸도 마음도

아팠던

그러나

그림만은

열심히 그렸던

화가 엄마를

'바보 엄마'로

기억해다오.

엄마의 마음 - 코소보 사태를 떠올리며
Heart of a Mother - Remembering the Kosovo War

1999. 꼴라쥬. 73×100㎝.

찰리 채플린과 파랑새

우리는 찰리 채플린(Charlie Chaplin)의 사진과 그가 등장하는 영화를 참 많이도 보아 왔다.

그는 1889년 4월 16일 영국에서 태어나 1977년 12월 25일에 생을 마감했다.

1914년 〈생계〉라는 영화로 데뷔를 했다고 한다.

그의 직업은 '배우', '코미디언', '영화감독', '음악가' 등 다양하다.

"삶은 가까이에서 보면 비극이요, 멀리서 보면 희극이다."라는 말…. 우리가 많이 들어 온 말이다.

처절한 배고픔의 시간을 견디어 낸 자이기에 사람들을 즐겁게 해줄 수 있었을 것이다.

많은 사람들을 즐겁게 해 주려 애쓰며 넘어지고 자빠지고 무너지는 그의 모습 속에서 나는 이상하게 '슬픔'이 느껴졌다. 넘어지고 자빠지는 그 모습을 보고 깔깔깔 웃어대는 사람들의 웃음

소리 속에서 애잔한 슬픔이 느껴졌다.

그 속에서 나의 모습도 보였다.

실제로 몹시도 슬프고 힘들면서 안 그런 척… 씩씩한 척… 문제가 없는 척… 의연한 모습. 그의 어깨 위에 한 마리의 파랑새가 앉아 있다.

그 파랑새는 찰리 채플린에게 "힘내라"며 위로와 평화의 말을 건네고 있다.

그 파랑새의 희망의 메시지가 채플린에게, 나에게, 그리고 힘든 시대를 살아가고 있는 우리 모두에게 '희망'이 되었으면 좋겠다.

파랑새의 달빛 소망

찰리 채플린과 파랑새
Charlie Chaplin and a Blue Bird

2019. 꼴라쥬. 65×53㎝.

아무 생각도 하지 않을 자유가
내게 있는가?

심리학에서 말하는 3가지의 '나'는 '되고 싶은 나',

'노력하면 될 수 있는 나',

'실제의 나'라고들 하는데

이런 '나'를 토대로 우리는 자신이 어떤 사람인지 자기 개념을
정립하고 다른 사람과 관계를 맺는다.

내가 보는 '나'가 아니라 다른 사람이 보는 '나'도 스스로를 규
정하는 데 큰 영향을 미친다.

좋은 작품을 만들고자 작품을 하면서 읽던 책 중 얼마 전에
접하게 된 『그림의 힘』이라는 책은 그림 설명에 관한 이야기뿐
아니라 심리에 관한 다양한 이야기가 수록되어 있다.

Chapter 중에

'오늘 하루도 수고한 당신을 위한 밤의 테라스'

'마음을 어루만지는 그림이 필요한 이유'

'아무것도, 아무 생각도 하지 않을 자유'

'아름다운 그림은 구체적으로 어떤 힘을 지닐까?'

'나 스스로에게 주는 휴식'

'그저 마음 편안해지는 그림'

'있는 그대로의 나'

'나를 최고로 만드는 그림의 힘'

이런 부분은 작품 생활을 꾸준히 하고 있는 중견 작가인 나에게도 어떤 그림을 그려 나가야 할지 새로운 도전이 되는 값진 글들이었다.

머릿속에 생각이 너무 많아서 잠을 못 이루는 날이 늘었다.

머릿속의 생각을 지울 수 없지만 "그 많은 생각들을 좋은 생각, 희망적인 생각으로 바꾸자" 하는 것이 요즘의 나 스스로에게 주는 일종의 '극기훈련'이다.

복잡한 사회이론과 철학책을 벌써 여러 권 저서로 남긴 남편
은 낮 시간에 연구실에서 주로 책과 씨름하며 시간을 보내서인
지 머리에 베개만 닿으면 1, 2초 만에 꿈나라로 간다. 너무 부러
워서 그 비결을 물으니 다음 날도 하루종일 책을 읽고 연구해야
하기에 자기 전 '생각의 전원'을 컴퓨터 전원을 *끄듯*이 자는 동안
만 잠시 *끄*면 된다고 한다.

그것이 어찌 가능한가?

하나님이 사랑하는 자에게 잠을 주신다더니, 그렇지만 하나님
이 편애하시진 않을 텐데….

나는 누워서도 때로는 작품 구상을 하며 휴대 전화에 담긴
'작품 사진들'을 들여다보며 잠을 청하려다 보니 또다시 '새로운
작품'이 떠올라서 오던 잠도 떠나갈 때가 많다.

내가 읽은 책에는 "우리에게는 아무 생각도 하지 않을 자유가
있다."라고 분명 되어 있는데 말이다.

희망을 머금은 채 서 높은 곳을 향하어
Toward that Higher Place Keeping Peace in Mouth

2013. Oil on Canvas. 10호(53×45.5㎝)

지치지 않는 삶의 비결,
봄, 여름, 가을, 겨울, 감사

언젠가 "지치지 않는 삶의 비결은 바로 '감사'"라는 설교를 들은 적이 있다.

목사님들이 설교 중에 자주 말씀하시는 내용 중 하나가 '감사'에 관한 것이기에 한 귀로 듣고 한 귀로 흘릴 뻔했다.

<봄, 여름, 가을, 겨울, 예수 그리스도 그리고 교회>라는 작품을 하면서 생활 속에 감사가 없다면 1년의 봄, 여름, 가을, 겨울, 매해 맞게 되는 새로운 계절을 어떻게 살아 낼까 하는 생각이 들었다.

작년부터 우리 교회 담임 목사님께서 '감사 노트'를 매일 쓰라는 어려운 숙제를 내 주셨다.

그런데 그 어려운 숙제를 하루도 빠짐없이 감사거리를 찾아 매일매일 기록하신 착한 분이 우리 교회에 계신다는 사실이 더

놀라웠다. 정말 존경스러웠다.

그렇다. 지치지 않는 삶의 비결은 바로 '감사'이다.

여러 가지 꽃이 만발하는 계절인 '봄'은 아름다운 벚꽃을 비롯한 온갖 꽃을 바라보며 그래도 세상이 아름답다고 느낄 수 있어서 감사하고, '여름'은 비록 덥지만 아이스크림과 시원한 나무 그늘이 있어서 감사하고, '가을'은 찬바람이 불고 떨어지는 낙엽을 보면 쓸쓸하지만 인생을 느낄 수 있어서 감사하고, '겨울'은 춥지만 온 세상을 깨끗하게 해 줄 것 같은 하얀 눈을 볼 수 있고 곧 따스한 봄이 오리라는 자그만 희망이 있기에 감사하다.

지치지 않는 삶의 비결은 바로 '감사'인 것 같다.

우리 교회의 2020 달력에 기록되어 있는 문구 중 다음의 글들을 공유하고 싶다.

"가장 축복받는 사람이 되려면 가장 감사하는 사람이 되라."

"감사는 우리가 원하는 것을 얻게 해 주는 강력한 힘이고 행복의 조건이다."

"가장 겸손한 사람은 자신이 처한 현실에 대해 감사하는 사람이다."

"감사란 하나님의 인도하심에 대한 과거와 현재와 미래의 은총을 인정하는 것이다."

"모든 일에 감사한 마음을 갖는다면 지금의 자리가 곧 천국이다."

"당신이 받은 축복을 세어 보면 하나님께 대한 감사와 찬양이 저절로 나온다."

위와 같은 감사의 마음을 갖고 싶다. 그리할 때 지치지 않는 삶을 가꾸어 갈 수 있을 것이다.

(감사에 대한 글을 쓰다 보니 떠오르는 한 분이 계신다. 마지막에-제법 긴 시간 동안- 어머니 댁에 오셔서 어머니를 정성껏 잘 돌봐 드렸던 최 요양사님…. 그분께 지면을 통해 감사의 인사를 꼭 드리고 싶다.)

봄, 여름, 가을, 겨울, 예수 그리스도 그리고 교회
Spring, Summer, Fall, Winter, Jesus Christ, and Church

2019, 혼합재료, 50호(116,8×91㎝),

기도의 향기

사람은

여러 성향의 사람이 있다.

함께하면

향기가 나는 사람이 있다.

살아온 인생이

만만치 않았을 텐데….

향기 나는

아름다운 언어를

쓰는 사람이 있다.

기도도
다양한 모습의 기도가 있다.

일상과 같은 평범한 기도가 있고
절체절명의 간절한 기도가 있다.

나 자신만을 위한 기도 외에
남을 위한 기도

평화를 구하는

향기 나는 기도를
드리고 싶다.

기도의 향기
Scent of Prayer

2015, 혼합재료, 45.5×37.9cm.

새 한 마리 벗 삼아

새 한 마리

또 한 마리

작품 속에

등장시키다 보니

내 마음속에도

늘 새 한 마리가

자리 잡고

있는 듯하다.

날아가고픈

마음도

입속에 머금은 채

여기가

내가

머물 곳이려니

하고

살고 있다.

그

새 한 마리

벗 삼아

희망과 절망을

함께 삼키고

오늘도

내일도

살아

내고 있다.

소망의 나래를 펴고
Spreading the Wings of Hope

2015. 혼합재료. 40호(100×80.3cm).

하얗고 하얀 십자가

소리 없이
내리는
하얀 눈

아무런
욕심도 없는
아가의
하얀 손

음식의 고운 빛을
더 아름답게
담아내는
하얀 도자 그릇

십자가에
색을
이름하라 하면

하얀색
이고 싶다.

하얀 눈처럼

하이얀 아가 손처럼
하얀 도자 그릇처럼

그렇게
깨끗하게
소박하게

십자가는
이름하여

하얀 십자가

하얀 십자가
White Cross

2015, 혼합재료, 10호(53×45.5㎝).

은혜의 강가로

눈을 감고
마음을 가다듬고
은혜의 강가로 나아간다.

이 세상의 모든
시끄러움과
복잡함을
떨쳐 버리고

은혜의 강가로 걸어간다.

나에게
영원히

찾아올 것 같지 않던
평안을 누린다.

은혜의 강가에서

힘들었던
여러 수고로부터 벗어나

손을 가만히 담근다.
은혜의 강물에

수고했다 손아
수고했다 마음아
잠시 쉬렴.

맑은 강물이 나의 손을
토닥토닥

나로부터 멀어져 가던

행복, 그리고 평화의 조각들이

하나둘 찾아든다.

은혜의 강물 따라.

은혜의 강가로
To the River of Grace

2013. 혼합재료. 30호(90.9×72.7㎝).

좋은 작품이 갖고 있는 따뜻한 힘

사람과 사람 사이엔 '말'이 꼭 필요한데 그림은 '말'이 아니라 '느낌'으로 다가선다.

말을 하다 보면 실수를 많이 하게 되지만 그림에는 '말'이 필요하지 않기에 아마도 나는 '화가의 길'을 선택한 것 같다.

미술심리 치료사들은 "그림은 우리의 힘든 일상으로부터의 모든 스트레스를 풀어 주고 마음을 조금이라도 편안하게 한다. 그래서 때로는 그림을 통해서 '소통과 치유'가 가능해지기도 한다." 라고 주장한다.

나의 생각 역시

"'좋은 그림'은 따뜻한 시선으로 인생을 보게 하고 정신, 영혼을 건강하게 만드는 유기농 식품과 같은 맛이 '좋은 그림'에는 분명 있다. 그림이 지니고 있는 '따뜻한 힘'을 통해 조금이나마 행복해지고 인생에 대한 시각이 달라지고 생을 조금 더 사랑하게 되는지도 모르겠다."라는 생각에 다다른다.

어떤 때는 그림으로 어떻게 나의 생각을 타인에게 잘 전달할 수 있을까 하는 생각이 들어서 '좋은 작품'이 나오기 위한 과정으로 철학 서적, 심리학책 그리고 성경책을 읽는다.

작품이라는 것이 물론 좋은 철학적 바탕에서 나오는 것이기도 하지만 그림이란 단순히 '그림을 그리는 기술'이 아니라 '아름다운 마음'에서 비롯되기 때문에 좋은 생각 그리고 아름다운 마음을 지녀야 '아름다운 작품'이 탄생하는 것 같다(이미 나의 다른 글에서도 여러 번 반복된 표현이지만…).

그래서 나는 좋은 작품이 나올 수 있도록 가능한 '좋은 생각'을 하려 하고 '아름다운 기억들'을 마음속에 담아 두려 한다.

작품을 완성하는 것은 '나 혼자만의 일'이자 때로는 '자신과의 싸움'이자 '인내의 시간들'이지만 작품을 통해 다른 사람들에게도 희망을 줄 수 있고 감동을 줄 수 있고 이를 통해 '치유'가 된다면 인생을 한번 걸어 볼 만한 일인 것 같다.

좋은 작품이 갖고 있는 좋은 영향력과 '따뜻한 힘'이 분명 있는 것 같다.

감사의 계절, 축복의 계절
Season of Thankfulness, Season of Blessing

2018. 혼합재료. 16호(90× 53㎝).

추모의 마음

2007년

샘물교회의 성도들이 해외로 단기 선교를 갔다가 테러단에 납치되어 죽어 갔던 슬픈 일을 우리는 기억한다.

그때 남편을 하루아침에 잃은 어느 젊은 부인의 모습을 작품으로 옮겼던 것인데, 그것을 다시 꺼내 보았다.

아침에 눈을 뜨면 그날의 코로나 신규 확진자 수와 사망자 수를 네이버로 확인하는 것이 하루 일과 중의 하나가 되었다.

우리나라에 사망자가 한 명도 없는 날은 그래도 살 만해서 숨을 크게 쉬게 된다.

그래도 전 세계적으로는 수많은 사람이 죽어 가고… 그 유가족을 위해 '추모하는 마음'으로 잠시라도 기도하게 된다.

갑자기 가족을 잃게 된 그들의 마음이 얼마나 슬플지 조금은 알 것 같다.

나도 5월 중에 계속되는 기침과 고열로 코로나 검사를 받은 적이 있다.

'정상'(그 당시 병원에서 나에게는 '정상'이라는 문자가 도착했다. 내 나이가 많아서 양성, 음성을 구분 못할까 봐 그런지… 아무튼 확실한 문자였다)이라는 결과가 나오기까지 하루였지만 참으로 간절한 기도를 드렸다.

우리 인생은 그 누구도 조금이라도 미워할 수가 없다.

미워해서는 안 된다는 진리를 다시금 깨달았다.

코로나로 불안해하고 있는 전 세계의 사람들.

이런 시간이 오리라고 그 누구도 예측할 수 없었다. 우리는 다시금 마음을 가다듬고… 우리의 잘못을 돌이켜 보고 겸허히 반성하고 좋은 소식, 좋은 날이 오기를 하나님께 간구해야 할 것이다.

그리고 코로나로 희생된 많은 이들을 경건한 마음으로 추모해야 할 것이다.

세월호 이후 노란 리본으로 추모의 뜻을 나타내듯이 하늘색

등과 같은 색깔을 정하여 코로나로 희생된 이들을 추모하는 리본을 정하면 좋겠다.

코로나 이후 아침마다 나는 이런 기도를 드리게 되었다.

"주님, 우리나라뿐 아니라 전 세계가 코로나로 인해 어려움에 빠지고 모두가 두려움에 떨고 있습니다. 코로나로 투병하고 계신 분들은 더 두려워하고 있을 겁니다.

주님! 특별히 그 환자들에게 찾아가 주셔서 속히 회복하게 하시고 마음의 평안을 허락해 주십시오. 연로하신 노인분들을 지켜 주십시오. 저희 시부모님도 이제 연세가 많으신데 두 분의 건강을 지켜 주시고 코로나의 위험에 놓이지 않게 해 주십시오. 요양원에 계신 어르신들 보호하여 주십시오. 자녀들과 면회도 안 되는데... 외롭지 않도록 해 주십시오. 유럽과 아프리카, 그리고 확진자가 특히 많은 미국을 지켜 주시고 미국에 가 있는 친척들, 친구들, 지인들 보호하여 주십시오.

코로나 환자들과 직접 대면하고 치료하느라 오늘도 고생 중인 의료진들, 늘 강건하도록 새로운 힘을 주십시오. 코로

나의 진정을 위해 수고하는 모든 이와 어린이들 역시 지켜
주십시오. 코로나로 세상을 떠난 분들... 너무 안타깝습니다.
추모하는 마음으로 기도합니다. 그 유가족들의 아픔을 치
유하여 주옵소서.

　우리 모두에게 필요한 인내와 절제와 사랑과 평안을 주시
고 이 무서운 질병이 속히 떠나가게 해 주옵소서.”

죽음 앞에서
In Front of Death

2007, Oil on Canvas, 10호(53×45.5㎝)

나의 못난 언어를
뉘우칩니다

“이를 닦으며 나의 언어를 회개하고, 세수를 하며 나의 교
만한 표정을 회개합니다.”

위의 글귀를 어느 책자에서 본 날은 그동안의 나의 삶의 잘못
들이 느껴져서 몹시도 괴로운 시간을 보내었다.

중학교 1학년, 미션스쿨에 다니면서부터 교회에 다녔으니 거
의 50년 가까운 세월을 교회에 열심히 다니고 목사님들의 훌륭
한 설교를 수도 없이 들었건만….

실생활에 적용하지 못하고 실수한 수많은 나쁜 언어들, 못난
말들, 남을 비판하고 판단했던 시간들…. 특히 가까운 가족에게
했던 못난 말들, 상처를 주었던 언어들….

뉘우치고 또 뉘우친다. 가족은 가까워서 그런지 고운 말… 그

실천이 가장 어렵다.

　얼룩진 옷이 세탁기 안에 들어갔다 나오면 깨끗해지듯이 기도하고 나면 깨끗해질 수 있다면 좋으련만….

　남은 생이 얼마인지 다 알 수 없지만 남은 날 동안 가능한 좋은 언어를 사용할 수 있도록 노력하고 싶다.

가시관 대신 왕관을 쓰셔야 하는 예수님
Jesus Should Wear Crown of Gold Instead of Crowd of Thorns

2019. 혼합재료. 66×24㎝.

떠나보내는 것에 관하여

나는 물건을 잘 버리지를 못한다.

집은 좁은데 물건은 많고… 복잡하다. 뭐든 잘 버리는 사람은 감정도 단순하다는데 나는 잘 버리지 못하여 감정도 복잡한 걸까?

나는 고가의 옷은 절대로 안 사고(비싼 옷은 살 필요가 없다. 천국 갈 때 가지고 가는 것도 아닌데…) 아주 싼 옷을 색깔만 맞추어 산다.

그리고 30년 전 옷도 버리지 못하고 이리저리 청지로 깁고 얼룩진 부분엔 그림이나 글씨를 써서 잘도 입고 다닌다.

친정 부모님의 옷도 유품으로 갖고 있다가 고쳐 입는다.

50년 된 아버지의 옷도 고쳐서 내가 입었다. 어머니의 옷도⋯. 왠지 함께하시는 듯한 느낌도 있다(말 안 하면 때때로 주위 분들이 새로운 디자인의 신상품으로 아신다).

아무리 좋은 옷이라도 똑같은 옷을 여러 사람이 입고 다니는 것을 나는 별로 좋아하지 않는다.

수선비 몇천 원 주고 '나만의 디자인'으로 고쳐 입으면 세상에서 단 하나밖에 없는 창의적인 작품으로 탄생한다.

독일 유학 시절, 우리 학교 패션 디자인과 학생들은 한 달에 두세 번씩 본인들이 만든 옷으로 로비에서 '패션쇼'를 자주 열었다.

수업하러 오다가다 커피 한 잔 들고 그 패션쇼를 열심히 그리고 유심히 보는 게 유학 생활의 낙이 되었다.

나의 패션 감각이 어쩌면 그 독일에서의 20대 중반부터 조금씩 자리 잡았을지 모른다는 생각이 든다.

그 당시 하얀 두루마리 휴지를 전신에 감고 뚜벅뚜벅 걸어가던 그 독일 학생의 모습이 아직도 생생하다.

그것은 옷을 넘어서서 '철학이 담긴 작품', 퍼포먼스 그 자체였다.

나에게 조금만 더 용기가 있다면 내가 그동안 리폼한 옷, 에코

백이나 파우치에 그린 그림들 및 생활용품, 그리고 그림 그리는 방법 등에 관한 소소한 용품과 그림과 함께하는 일상들을 '유튜브'로 한번 소개해 볼까도 싶다가 역부족을 느끼고 접게 된다.

그러다가 매일매일 운동 시간에 유튜브로 그런 내용을 볼 때면 '우리 집에도 나의 손길로 만들어진 물건들이 수도 없이 많은데⋯. 한번 도전해 볼까?' 하는 생각이 들기도 한다(늙어 가는 이가 가지는 또 하나의 '소망'이다).

친정 부모님이 떠나실 때 화장하고 나서 너무 슬펐다.

어떻게 30분 만에 사람이 '한 줌의 재'로 바뀔 수가 있을까? 그때부터 나는 세상 떠나고 나서 화장을 안 하고 싶다는 생각을 하기도 했다(땅도 부족한 나라에서 나도 결국은 화장해야겠지만⋯).

내가 이미 세상을 떠난 후면 어떻게 되는지 나는 알 길이 없겠지만 우리 딸들이 그때의 나처럼 너무 슬프지는 않을까 하는 생각이 든다.

'장기기증'에 대해서도 요즘 고민이 많아졌다.

주위 가족들의 훌륭한 뜻을 비롯한 많은 훌륭한 분의 용기와

결단이 그동안 그런 일에 대해 고민하지 않고 나이 60이 되어 버린 나에게도 '나도 이제 천국 갈 준비를 서서히 해야겠다'는 생각을 하게 한다.

그런데 사후처리가 깔끔하지 못한 것을 보고 '장기기증'이라는 선한 뜻을 포기하는 사람이 늘었다는 말도 들었다.

내가 그동안 그려 온 수없이 많은 작품들은 어떻게 보관해야 할까?(미술관에 백 점 정도는 기증하면 좋을 텐데…. 받아 줄 미술관은 있을까?) 작품, 물건, 옷에 대해서 미련을 두고 간직하고 있는 나로서는 그야말로 심각한 고민거리이다. 내 딸들이 엄마 작품이 짐이 되는 일이 없어야 할 텐데…. 답이 나오질 않는다. 아무래도 그동안 그림을 너무 많이 그린 것 같다.

내가 오래된 옷을 고쳐 입고 생활 전반에 걸쳐 절약하고 절약하면 아프리카의 어린이들이 여러 끼를 먹을 수 있다고 생각하고 나는 '절약'을 실천한다. 그리고 전시 수익금의 일부로 아프리카 후원도 미약하지만 한다.

내가 세상을 떠나고 나서 나의 눈이 그 누군가 앞을 볼 수 없는 자에게 가서 세상을 밝게 볼 수 있게 한다면, 나의 장기의 일

부분으로 누군가 살 수 있다면…. 그것은 분명 의미 있는 일일 것이다. 그러나 나는 아직 마음의 결정을 못 하고 있다.

'떠나가는 것에 대하여'

이런 일에 눈을 떠도, 눈을 감아도 떠오르는 생각과 고민이 나의 시간을 지배하는, 조금은 힘든 시간을 보내고 있다.

아무튼 이생에서 나에게 주어진 시간을 열심히 의미 있게 살다가 의미 있게 떠나고 싶다.

고난의 산을 넘고 넘어 여기까지
Crossing Over and Over the Mountain of Suffering to Reach Here

2020. 혼합재료. 87×67㎝.

가족이 함께 부르는
평화의 노래

나는 새를 즐겨 그리는 작가이다.

나의 작품에 종종 등장하는 새 4마리는 물론 우리 가족을 상징한다.

가족 4명이 함께 식사를 하며 도란도란 이야기를 나누는 시간이나 4명이 각각 예쁘게 나오려고 셀카를 찍거나 멋지게 찍어 주려고 애쓰며 사진을 찍을 때나 함께 자연 속 산책을 할 때나 서로의 꿈을 응원해 주고 서로를 위해 기도해 주며 격려해 줄 때나 함께 예배를 드릴 때면(올해 여름에 친정어머니 소천 1주년 추모 예배를 한참 동안 함께 드렸다) '평화의 노래'가 저절로 흘러나온다.

세상은 비록 힘들고 뉴스는 참담할지라도 '가족이 함께 부르는 평화의 노래'만큼은 참 아름답다. 어두운 세상을 이겨 내는

힘은 바로 여기서 나오는 것 같다.

"주님! 우리에게 가족을 허락하심을 감사합니다. 때로는
어려움이 있을지라도 힘이 들 때 가족이 있기에 다시 일어설
수 있는 우리 가족 구성원이 되게 해 주십시오.

사랑하는 두 딸과 남편과 제가 무슨 일을 하든 이 땅에서
사는 동안 '하나님의 사랑 안에 거하는 사람', '평화를 이루
어가는 사람' 되게 하여 주옵소서.
가족이 함께 부르는 노래가 부디 '아름다운 평화의 노래'
가 되게 하시고 어두운 세상을 밝히는 '빛의 노래'가 되게
하여 주옵소서."

가족이 함께 부르는 평화의 노래
The Song of Peace that Family Sings Together

2015. 혼합재료. 10호(53×45.5㎝)

평화는 우리가 가꾸어 가야 할
선한 열매

우리는 '평화'에 대한 이야기를 자주 듣기도 하고 스스로 자주 하기도 한다.

'남북 정상회담'을 하던 해, 개인전을 앞두고 거의 밤잠을 자지 않고 〈평화의 비둘기〉를 그렸었다. 마치 평화통일이 몇 달 안에 올 것 같았는데…

그 당시 몹시도 기뻐하시던 문 대통령의 환한 미소를 우리 모두는 기억할 것이다. 나 역시 기쁘게 붓을 잡았던 기억이 생생하다.

지금은 우리의 노력에도 불구하고 평화통일은 점점 멀어져 가는 기분이 들고 원치 않던 코로나만 늘 가까이에 있다.

"○○에서 확진자가 발생했습니다"

"확진자의 동선이 이러이러합니다."라는 뉴스와 외출을 하면 어린 아기들도 마스크를 쓰고 서로의 눈만 약간의 경계심으로 바라보는 시민들의 풍경을 바라본다.

그래도 환자들을 돌보기 위해 땀을 뻘뻘 흘리며 수고를 아끼지 않는 코로나 관계자들과 의료진들의 모습을 영상으로 볼 때는 숙연해지기까지 한다.

그리고 오늘도 열심히 기도하는 수많은 수도자들과 참된 목회자들, 그분들의 기도를 우리는 잊어서는 안 된다.

그 누구의 잘못을 드러내고 탓할 것이 아니라 이 어려움 가운데서도 우리는 '평화'를 이루어 가야 할 것이다.

'평화'는 바로 우리가 가꾸어 가야 하는 과제이자 선한 하나님의 열매인 것이다.

우리가 이 모든 어려움을 극복하고 평화를 이루어 갈 때 하나님께서 '선물'을 주실 것이다.

희망의 새 물결, 평화의 비둘기
New Wave of Hope, Dove of Peace

2018. 혼합재료. 60호 변형(130×100㎝).

내가 너희를 사랑한 것 같이
너희도 서로 사랑하라

요한복음에 있는 위의 성경 구절이 코로나 사태로 힘들어하고 있는 우리 모두를 향한 주님의 메시지로 다가왔다.

아름다운 자연과 그 속의 두루미, 그리고 푸르른 풀 속에 성경 말씀을 기록했다.

코로나의 완치를 위해 환자를 돌보는 수많은 의료진들… 그리고 환자 및 그의 가족들, 코로나로 인해 세상을 떠난 이들과 그 유족들, 그리고 코로나로 인해 힘들어하는 전 세계의 사람들 모두를 향한 말씀인 것 같다. 코로나 이후 깨닫게 된 것은 '일상이 얼마나 소중한 일인가'와 '함께'라는 단어이다. 살기가 너무 힘들어서… 이 세상에 나 혼자인 듯 느껴지는 순간이 있다면 그래도 함께해 줄 누군가가 있음을 우리는 기억해야 할 것이다. 우리는 코로나도 함께 극복해야 할 것이고, 살아가면서 '함께'라는 단어를 기억하며 살아갔으면 좋겠다.

아침에 눈을 떠서 잠시 기도 후 바로 확인하는 것이 코로나 신규 확진자 수와 사망자 수···. 그 유족들을 위한 나의 짧은 기도가 그들에게 무슨 도움이 될까 싶을 때가 종종 있다. 그럼에도 나의 기도는 쉼이 없다.

"주님! 코로나로 인해 세상을 떠난 이들 그리고 그 유가족들의 상한 마음을 위해 기도합니다. 그 마음에 '위로와 평안'을 주시고 코로나로 인한 사망자가 늘지 않도록, 백신이 속히 개발되도록 코로나가 속히 끝나도록 도와주십시오. 우리가 코로나를 이기고 극복하게 하여 주십시오. 이 위기 속에서 가족 간에도 그리고 사회 속에도 잔잔한 평화의 물결이 출렁이게 하여 주옵소서."

그 어떤 상황 속에서도 서로 사랑하고 인내하며 '주님 주시는 평화' 속에 거하는 아름다운 세상이 되기를 소망하는 마음이다.

내가 너희를 사랑한 것 같이 너희도 서로 사랑하라
Love One Another as I have Loved You

2020. 혼합재료. 100호(162×130㎝).